AF331280

PAROLES

D'UN

CLAIRVOYANT,

AVOCAT DES PETITS RENTIERS.

Restons amis, Cinna...

Par un vieux Champenois.

PRIX 50 c.

PARIS.

IMPRIMERIE D'A. ÉVERAT ET COMPAGNIE,
rue du Cadran, 16.

—

1838.

CHAMBRE DES DÉPUTÉS,

SÉANCE DU   1856.

La parole est à M. Philippophile, lequel s'exprime en ces termes :

Messieurs,

Un orateur athénien, vous le savez, s'interrompit tout à coup pour adresser à son auditoire un apologue de sa façon ; je vous demande, moi, la permission de commencer par-là.

LE VIAGER.

APOLOGUE.

Un homme peu riche, et qui n'avait point d'héritier de son cru, plaça à cinquante ans, sur une tête de soixante, tout ce qu'il avait pu faire d'économies.

Que de soins lui coûta *cette tête si chère !*

Jamais femme ne montra plus de sollicitude pour un fils chéri ; jamais servante de célibataire ne fut plus attentive pour le testateur futur. Boniface était le nom de mon héros ; inutile de vous dire que, chaque matin, le débiteur recevait la visite de son créancier, Eh ! bon jour, mon cher Nicolas. Et cette chère santé?.. — Très-bonne, M. Boniface. — Dieu me pardonne!.. déjà habillé ! — Mais oui... pour la petite promenade aux *Champs-Élysées.* — Hier, bien ; mais aujourd'hui mon cher, n'allez pas vous en aviser. Le thermomètre de *Chevalier* est descendu de trois degrés depuis cinq heures du matin.... et tenez, vous venez de tousser. Point de promenade aujourd'hui, je vous en conjure ;

fort heureusement j'ai sur moi certaines pastilles... vous m'en direz des nouvelles.

Le lendemain c'était une livre de chocolat super-fin; aux approches de l'hiver, quatre gilets de vraie flanelle d'Angleterre, et tous les ans vingt-cinq bouteilles d'excellent bordeaux. Bref, Nicolas n'avait autre chose à faire que de se donner la peine de boire, de manger, de dormir, et de se promener, quand le temps le permettait; car, qu'il eût un procillon, un simple référé, c'était Boniface qui voyait le juge, l'avoué, l'avocat et l'huissier; Boniface qui rédigeait les notes, les apostilles, etc... Nicolas avait-il quelque intérêt dans une entreprise?.. vite, Boniface s'en constituait le champion envers et contre tous : prospectus, avis dans les journaux, rien n'était épargné. On va même jusqu'à dire, et je ne m'en étonne pas, qu'un jour mon héros rentra chez lui à onze heures du soir, tout fier des horions qu'il avait *remboursés* pour la noble cause de son Benjamin.

Mais hélas! le contrat d'entre les parties impliquait, (les uns disent oui, les autres disent non) (Mouvements divers) certaine clause virtuelle... Nicolas en réclama l'exécution, et finalement Boniface fut tenu de reprendre le capital de sa rente. Eut-il tort ou raison, Nicolas?... voici, messieurs, la conclusion de l'histoire. Un jour on vint dire à Boniface que Nicolas avait un gros intérêt dans le canal de... — *Qu'est-ce que cela me fait, à moi?* — Un autre jour, que Nicolas soutenait, depuis trois mois, un procès considérable. — *Qu'est-ce que cela me fait à moi?* — Un autre jour, que Nicolas avait des ennemis capables de tout. — *Qu'est-ce que cela me fait, à moi?* — Enfin, on vint lui apprendre que son cher Nicolas était sérieusement malade... et cette fois encore Boniface répondit : *Qu'est-ce que cela me fait, à moi?.........*

Et quelques mois plus tard l'écho répétait un douloureux TU QUOQUE! (Profonde sensation.)

Grâces à vous, messieurs, grâces à la presse quotidienne, nous savons tous que l'an prochain verra éclore le 4 1/2 p. 0/0. On a même poussé la bonne foi jusqu'à la révélation d'une pensée qui se propose de *descendre un peu plus bas*. C'est ainsi que s'y prennent les gens de bonne compagnie, et non pas comme ces butors de *Ménélas* et *d'Antiloque*, qui vous disent de prime-saut : *Patrocle est mort* *.

Nous devons donc vous remercier, d'abord, d'une franchise qui n'était pas dans les habitudes de la *restauration*; et en outre (les petits rentiers) de votre sollicitude pour leurs intérêts. C'est là de la belle et bonne politique ; c'est même de l'humanité, car voici comment on arrive à être créancier de l'état. Veuillez ne pas oublier que je m'occupe exclusivement du frétin.

Vous travaillez comme un forçat depuis *vingt* jusqu'à *cinquante-cinq*; chaque fois que vos économies s'élèvent au chiffre suffisant, vous achetez de la rente; vos enfants sont enfin établis... que Dieu leur soit en aide! Car pour vous, pauvre père de famille, à leur place vous avez des rhumatismes et autres bénéfices d'âge qui, au besoin, vous serviraient de linceul ; mais aussi vous avez pu jeter par dessus les ponts le tablier, la serpillière, le rabot, l'aune ou la plume que vos doigts refusaient déjà de manier, et remplis d'une joie bienfaisante comme le soleil, qu'il est doux de vous voir sourire à la prospérité d'un gouvernement, dont la force se compose surtout de cet amour du beau et de l'honnête qu'il a su rappeler dans tous les cœurs ; de ce gouvernement que vous avez protégé de vos mœurs, de votre concours intellectuel, des fruits légitimes de vos sueurs, et, au besoin, de votre sang ou de celui de votre fils ! Et quel plaisir encore lorsque, ramenant vos pensers sur votre intérêt personnel, vous pouvez vous dire : rien à craindre pour le présent, rien à craindre pour l'avenir ! celui de ma vieille compagne, de mes enfants, le mien, reposent sur la plus inébranlable, la plus noble des garanties! (émotion presque générale.)

Vous l'entendez, messieurs... c'est Pierre Bon-Accord, mon voisin, ancien marchand quincaillier ;

---

* *Iliade*, liv. 17 et 17.

Pierre, aujourd'hui possesseur de mille écus de rente sur l'état! c'est ce bon Pierre qui s'exprimait ainsi avant la proposition *Humann* : « Mille écus! disait-il avec toute la chaleur d'un Saint-Albin de dix-huit ans! Mille écus!... A la vérité, c'est juste ce qu'il nous faut pour vivre modestement à Paris, y compris ce qui reste pour le spectacle (qu'on aime tant à notre âge!) et pour quelques parties de campagne, surtout, mon cher, pour le petit déjeuner avec ce vieil ami, le seul qui soit resté debout auprès de moi... Mais une bonne femme! mais la LIBERTÉ! mais un véritable ami!... (et je serrai la main de Pierre avec une expression... Serrez-vous-la souvent, comme cela, messieurs, et je réponds qu'en France les choses iront toujours à merveille.) »

Or, voilà qu'à fort peu de temps de là, une autre poignée de mains me donna le frisson... « Je sais tout, dis-je à Pierre. Eh bien! on te remboursera, tu placeras tes fonds ailleurs, et tout sera *fini* entre le gouvernement et toi. » (Mouvement.) Pierre était de mauvaise humeur; il me tourna le dos... Je le lui pardonnai... Mais, messieurs, je n'avais que trop bien compris sa courte pantomime, et je cède au besoin de vous en offrir la traduction.

Il faut le dire tout d'abord et en plein soleil, cette offre de rembourser, si elle datait de dix ans, aurait l'air d'une menace ou d'une violence. Ce serait semer la terreur pour en recueillir les fruits aussitôt qu'ils seraient mûrs; ce serait votre *compelle intrare*. (Dénégation au banc des ministres.) Mais vous n'avez point, vous, messieurs, de *monita secreta*, et vos consciences reculeront toujours, en finance comme en toute autre matière, devant de pareils moyens. Ce néanmoins, messieurs, vous n'avez pas inutilement étudié la marche de l'esprit humain; aussi savez-vous très-bien que l'offre dont s'agit ne conduira jamais le Trésor public à *Bruxelles*. (On sourit.) Au surplus, laissons dormir en paix cet argument, pour envisager bien vite, et plus à notre aise, en ce qui touche les remboursés, la question dont s'agit.

Que veut l'homme dans les diverses périodes de la vie? Jeune, du plaisir, du plaisir, et encore du plaisir! Mûr, tout ce qui tend à lui procurer l'indépendance absolue, et surtout le repos. Le repos! c'est un bon lit après un mois de bivouac. Eh bien! ce candide Pierre, qui représente ici toute sa classe, ce qui lui semblait particulièrement délicieux dans la situation de rentier de l'état, c'était d'être pour toujours affranchi de tout ce qui se rattache à un placement de fonds ;

SAVOIR :

Trouver un intermédiaire honnête homme ;
Un emprunteur plus probe encore, s'il se peut ;
S'enquérir à droite, à gauche, de la solvabilité du futur débiteur ;
Lever l'état des inscriptions qui pèsent sur ses immeubles ;
S'assurer, du mieux possible, même *de visu*, de la valeur réelle du gage offert;
S'assurer aussi qu'il n'est grevé d'aucune hypothèque *légale ;*
Conférences avec le notaire, avec le conseil, lesquels s'empressent d'ouvrir le chapitre *que vous savez ;*
Courir pendant un mois Paris et la banlieue...
Et, pour ces détails inévitables, quitter ce chaud deshabillé qui vous fait trouver tant de délices dans vos habitudes casanières; le quitter dès le matin, même au mois de janvier, car le temps presse, et jusqu'à celui du replacement, chaque jour est une *non-valeur* de plus au budjet domestique... Ces vêtements, si chers aux vieillards, aux goutteux, aux rhumatisants, les quitter pour se livrer à des détails, à des investigations pour lesquels l'intérêt personnel, tout puissant qu'il est, rend à peine à l'esprit l'énergie dont il a si grand besoin!... Et les courants d'air du *coucou,* de l'omnibus! et ceux de l'étude du notaire, de l'étude de l'avoué! Jeune, il ne les sentait pas; mais aujourd'hui Pierre a soixante ans. (Sourire au banc des plus âgés.)

Résumons-nous :

Le placement est consommé : c'est tant pis ou tant mieux... Voyons, Pierre, comptons ;

1° Un mois de perte sur les intérêts de 6,000 francs, à 5 p. 100. . . . . 25 fr.

2° Payé pour commission à celui qui a procuré le placement. 60

3° Honoraires à l'avoué, pour conférences, etc. 40

4° Courses en voitures et repas hors du domicile conjugal. 20

Total, au bas mot. . . . . 145 fr.

Et comme l'homme prévoyant ne met pas tous ses œufs dans le même panier, il convient de multiplier ce chiffre par 10 au moins; or, j'ai posé 1, je pose ci-dessous. 9

Résultat. . . . . 1,305 fr.

Premier total. 145

Total de la perte pour le placement de 6,000 francs, divisé, en dix fractions. . 1,450 fr.

Plus celle de dix mois employés à des soins dont il se croyait libéré pour toujours : voilà pour la première année de l'*ère nouvelle* de mon pauvre Pierre ! (Sensation.)

Et vous, sa douce et vieille compagne, vous dont la santé, délabrée par tout ce qui entre dans les devoirs d'une mère de famille, exigeait depuis quelques années les secours d'une domestique affectueuse,... bonne madame Pierre ! il vous faudra donc, dès le lendemain de la loi, et jusqu'à nouvel ordre de choses, pour toujours peut-être, reprendre chez vous des fonctions auxquelles, du moins pour quelques unes, le temps a donné un caractère qui les rend intolérables ! Et votre vieille mère ; il faudra donc aussi abaisser le chiffre de la subvention que vous lui servez avec tant de plaisir !... Oh ! moi aussi, messieurs mes adversaires, j'ai bien étudié le caractère de l'homme ;

et si dans ces moments terribles où Dieu semble donner de cruels démentis à sa justice, à sa bonté, le cœur maudit jusqu'à Dieu lui-même... Vous devez me comprendre, messieurs. (Mouvement divers... M..... a un air de jubilation qui fait plaisir à voir.)

Et voyez d'ailleurs quel affreux renversement d'un ordre de choses si doux à suivre ! Pierre n'avait qu'un débiteur; il en a dix maintenant. Au lieu de quatre courses annuelles pour toucher son revenu, Pierre est obligé d'en faire cent, et Pierre rentre souvent avec... des promesses. Puis, de ses débiteurs trois ou quatre sont arrivés à l'état de déconfiture... saisies réelles, expropriations, productions ; débats entre les privilégiés ; honoraires à celui-ci, à celui-là, à cet autre... honoraires à tout le monde... longue attente de la somme colloquée; emprunts usuraires pour attendre la fin de cette campagne judiciaire... Est-ce tout? non, car chaque remboursement partiel exige un prompt replacement. Ce n'est plus seulement, comme je le disais, dix mois de pris dans une année, sur quinze ou vingt; c'est toute une vieillesse, c'est la décrépitude elle-même condamnée à de nouveaux combats. Ainsi, dès le lendemain de votre victoire financière, on verra rentrer chez Pierre, par la porte, par les fenêtres, les derniers, mais aussi les plus formidables ennemis de l'homme : l'inquiétude, les chagrins, les procès ; et avec cet affreux cortége, de nouvelles privations, dures, cuisantes, des potiques, jusqu'au moment suprême où l'on viendra graver sur sa croix tumulaire : *Cy gît un forçat libéré !* »

Et maintenant que j'ai fidèlement traduit le geste et le silence de mon vieil ami, c'est à vous, messieurs, de répondre; à moi d'écouter, non pour moi, mais pour lui.

« Le gouvernement, par rapport à l'espèce, est resté dans le droit commun : donc il peut rembourser.

» Nous devons vouloir tout ce qui peut soulager les contribuables.

» De tous côtés, enfin, l'industrie dirige ses efforts; l'homme riche ses capitaux vers des entreprises plus ou moins importantes, et toutes d'une incontestable utilité publique. Mille routes nouvelles sont donc ouvertes à des placements de fonds, plus fructueux peut-être que ce qui arrache à M. Pierre des doléances pour le moins très-prématurées ; disons plus, très-injustes; car la presse *opposante* elle-même nous reproche déjà comme un crime de lèze-intérêt général l'ajournement de la loi projetée. »

Tels sont en substance, messieurs, vos trois moyens justificatifs.

Je vais mettre leur force à l'épreuve. (L'attention redouble.)

Et d'abord, si j'ai bonne mémoire, on a très-nettement avoué, dans l'espèce, la crainte d'une forte émigrations de capitaux français... sans compter le retrait des capitaux étrangers. Or, j'appelle cela fournir une épée de rechange à son adversaire, et je me hâte de vous remercier d'avoir déjà tant fait pour ma réplique.

Un mot seulement sur le droit de rembourser. Est-ce une question de droit commun? A dire vrai, je ne le crois guère.

A vous entendre, messieurs les conversionnistes, ce droit n'est pour personne l'objet du moindre doute.

Mais d'abord vous savez bien que cette question n'a pas pour elle le glorieux avantage de l'unanimité, et que vos adversaires sont dignes de croiser le fer avec vous.

Je dis plus : votre croyance intime sur ce point pourrait bien n'être pas très-d'accord avec votre foi extérieure.

Car enfin, si vous pouvez nous opposer l'art. 1911 du Code civil, il y a donc dans ce Code, ou dans une autre loi, une disposition explicite, en vertu de laquelle je puis aujourd'hui, comme je le pouvais il y a dix ans, vous dire : ouvrez la grande escarcelle je veux le capital de ma rente?

Eh ! bien non ; ni là ni ailleurs.

Ainsi, rien de synallagmatique entre vous et moi,

en ce qui touche ce que j'appelle la question *préalable*!

Vous me rembourserez quand tel sera votre bon plaisir!... quand vous le pourrez!... Mais notre contrat est donc une monstruosité?

Rétrogradons de quelques années. Je marie mon fils. Il me faut vingt mille francs espèces sonnantes. La rente est à 75 pour cent. Fort de vos principes, je vous demande le remboursement au pair... Vous me riez au nez!

Replaçons-nous en 1838. La hausse est de dix francs au dessus du pair, et j'en profite pour vous dire : En me déclarant, lors de ma première demande, que vous ne deviez me rembourser qu'au *taux du jour*, vous avez reconnu que nous nous sommes, vous et moi, dès l'origine, soumis aux chances de l'agiotage. Donc, vous qui, *l'autre fois*, ne vouliez me donner que 75 pour cent, vous allez aujourd'hui m'en compter cent dix bien et beau... Vous me riez encore au nez!... D'abord, parce que je demande plus que le pair; ensuite, parce que vous manquez d'argent. Eh bien! quand reviendrai-je ? — Quand j'en aurai. — Et quand en aurez-vous? — Ma foi, je n'en sais rien. — Et tout cela est bien sérieux de votre part? — Tout ce qu'il y a de plus sérieux. — Mais si vous ne trouvez pas chaussure à votre pied? — Nous resterons, moi pieds nus; vous créancier de l'état.

Et moi je vous dis que votre prétention est souverainement injuste, et que là où est le droit de rembourser, là aussi doit être écrit le droit d'être remboursé *à vue*.

Au surplus, en prenant pour vous, dans le Code civil, le droit de remboursement ; pour moi, votre créancier, vous en créez un *ipso facto*, que vous placez en regard du vôtre. Cela n'est pas éloquent, soit ; mais c'est logique. Et d'ailleurs, *l'interprétation* appartient *de droit* au moins fort; et ici le plus faible, c'est moi ; moi qui ne demande que le bénéfice de la réciprocité.

« Restons amis, Cinna... c'est moi qui t'en convie! »

Il est vrai que si vous manquez d'espèces, je serai fort embarrassé; car comment m'y prendrai-je pour avoir hypothèque sur vos immeubles; arrêter les sommes qui vous sont dues; vous exproprier; saisir et vendre vos meubles?

Et d'abord, de quel tribunal obtiendrai-je condamnation? Nulle part la loi n'assimile l'*inscription de rente* à l'acte jadis *paré*, aujourd'hui *authentique*.

Donc vous n'avez pas le droit de me rembourser malgré moi.

Mais pour juger du mérite de la chose par ses résultats, franchissons à pieds joints toutes mes objections. Vous avez de l'argent, et vous voulez en finir avec le *cinq*. Cent fr. pour chaque cinq fr. de rentes : c'est entendu; à bureau ouvert; tous les jours, de dix jusqu'à deux? — Oui. — Fort bien.

En conséquence, moi, le roi d'*Angleterre*; moi, l'empereur de *Russie*; moi, l'*Allemagne*; moi, l'*Autriche*; moi, le roi de *Prusse*; moi, le roi de *Hanovre*; moi, *Guillaume*; moi, Don Carlos; moi, *Don Miguel*; moi, Abd-el-Kader; moi, *Achmet-Bey*; moi, *Henri V*, nous venons vous présenter des titres pour deux milliards.

— Mais...

— Point de mais : deux milliards.

— Mais vous avez eu cela à 50 p. o[o.

— Ah! c'est un homme bien adroit que le *roi des Juifs!*

Voilà, messieurs, pour la question de légalité. (Profonde sensation.)

Reprenons celle de l'opportunité; je veux dire de l'équité en *droit moral* : heureux si je parviens à prouver aux dupes de bonne foi, qu'elles n'ont pas de plus cruels ennemis que ceux du gouvernement et de la dynastie de juillet!... Car, et tout le monde le sent, dans l'espèce il s'agit peut-être de pire qu'une question de cabinet.

Au surplus *summum jus, summa injuria*. Passons au second argument justificatif.

J'entends toujours, depuis la *deuxième restauration*, parler du bien qu'on a fait aux contribuables;

mais veuillez donc me dire comment il se fait que si mon vin entre à un très-petit meilleur marché, c'est le contraire pour ma provision de bois... Bref! vous ne manquez jamais de reprendre en bonne laine (*Pauvres moutons! ah! vous avez beau faire...*) ce que vous avez donné en filoselle. (Sourire général, même au banc des ministres.) J'en appelle au chapitre des Patentes. Au demeurant, voyons si l'état et les contribuables gagneront à la réduction des rentes; et pour cela occupons-nous d'abord des petits rentiers.

Dans le meilleur des mondes possibles, comme l'a dit, après Pangloss, le candide Azaïs, toute action de l'homme est presque en même temps un effet, une cause, et *vice versâ*. Si donc Pierre, forcé de réduire à 2,500 fr. un budjet de mille écus, monte du troisième au cinquième étage; se couche plus tôt, se lève plus tard en hiver; s'il sort plus rarement, met plus d'eau dans son vin, remplace la tasse par la demie, le drap fin par la ratine; s'il s'abstient du petit-verre et de la partie de domino au café voisin, de la promenade et du rare déjeuner à la campagne; s'il renforce ses habitudes casanières pour *réduire*, à son tour, le mémoire de la blanchisseuse, du tailleur et du cordonnier; s'il met moins d'amour-propre dans le bon état de ses meubles et dans l'intégralité de sa vaisselle; n'est-il pas démontré que toutes ces particularités réagiront immédiatement sur le propriétaire, le marchand de vin, le marchand de bois, l'épicier, le drapier, le limonadier du coin, l'omnibus, le coucou, le traiteur *extrà-muros*, et sur toute la foule des *et cœtera?* (Affectation d'incrédulité sur toute la gauche.) Ajoutez quarante à cinquante domestiques jetés sur le pavé, ce qui vous donnera en plus vingt-cinq mille filoux et autant de *virufères* tolérés. (Profonde sensation.) Notez, en outre, je vous le recommande, que, grand ou petit, le rentier de l'état a une femme, des enfants, un père, une mère, un frère, une sœur, une cuisinière... oncles, tantes, neveux, cousins, cousines; peut-être aussi des ouvriers... Plus une douzaine d'amis et de connais-

sances... Portez à deux cent mille le nombre des petits rentiers ; multipliez ce chiffre par *vingt* seulement,
additionnez les nouveaux partisans que vous allez
faire, et puis montrez-nous dans tout cela les bénéfices
moraux, politiques, financiers du Trésor et du Gouvernement ! (Vive adhésion sur toute la droite.)
Quant aux contribuables, y gagneront-ils ? non. Y
perdront-ils ? oui.

Mais voyons donc... Est-ce qu'il n'y a nulle part
quelque autre moyen de satisfaire les deux parties,
eux et vous, messieurs ? 5o,ooo francs pour *telle* ré-
ception, n'est-ce pas un peu cher ? Deux millions
pour quatre-vingt pieds de grimoire sur granit !...
C'est beaucoup trop. Pourquoi ces batailles à l'huile ,
enseignements mutuels de tout ce que défendent la
religion et l'humanité ? A quoi bon ces *Martyrogra-
phies* anachroniques commandées à des pinceaux
athées ?... Allons, messieurs, un peu de courage ; par-
lez, explorez, questionnez... Sur trente millions d'ha-
bitants, il en est peu qui ne soient tout prêts à vous
indiquer les sentiers sinueux et couverts dont vous
n'avez pas encore levé la carte. A la besogne donc !
Prenez-moi *votre serpe, instrument* DE BONHEUR ; travaillez ferme et dru... Copeaux par-ci, copeaux par-
là ; rognure à droite, à gauche, par-devant, par-der-
rière... rognures de tous les côtés !

Mais, dites-vous, puisque je parle de sentiers, vous
avez le droit d'appeler mes regards sur les routes nouvelles ouvertes par l'industrie à la circulation des capitaux déplacés. Des routes, messieurs ! dites plutôt
un immense terrain qui brûle les pieds, effrayante
agglomération de souffre, de bitume, d'asphalte, et où
grondent déjà les premiers symptômes d'une myriade
d'éruption de COMMANDITES. Oui, messieurs, que votre
loi paraisse, et mille cratères vont s'ouvrir avec l'éclat
du tonnerre. Les voyez-vous jaillir, se déployer en
gerbes innombrables et retomber sur le sol, ces folli-
cules cabalistiques, où les mots *spoliation, ruine, néant*
se cachent sous les mots *capital social,* et mieux encore sous la promesse d'un intérêt exorbitant ! (sen-

sation générale mêlée, sur la gauche, de quelques petits murmures.)

Non, messieurs, non, les capitaux que vous aurez mis en liberté n'iront alimenter ni le commerce, ni l'agriculture, ni les *loyales* industries ; l'intérêt voyez-vous, est à l'homme ce que la vanité est à certaines femmes. Ce n'est pas à celui qui rendra le plus d'amour que l'on cède, mais à celui qui donne et promet le plus de flatteries. La soif du *mieux* a donc et d'avance assuré les triomphes de l'agiotage ; et si votre loi passe, vous le verrez, dans six mois, sur tous les points d'un immense océan, retirer ses filets chargés de victimes, dont le désespoir n'accusera que vous seuls. (Émotion au banc des ministres.) Oh! alors, que de fortunes englouties! de ressources à jamais épuisées! de vierges sans dot! de fils sans établissements! Combien de *dupes* transformées *en fripons !* Quelles larges routes s'ouvriront à cette opposition systématique qui vous pousse à la *réduction,* comme Égiste pousse au meurtre l'épouse d'Agamemnon !... Elles sont là, enfin, les sanglantes représailles, les riches dépouilles promises par l'enfer à la *vermine* républicaine! aux infatigables essayeurs de restaurations! à l'émeute toujours altérée, toujours affamée! *pandœmonium* où puisent incessamment, sans jamais le tarir, toutes les passions ennemies de la société! et surtout à ces PUISSANCES jalouses, qui, aujourd'hui encore, s'arrêtent frémissantes, autant devant notre force que devant notre sagesse ; mais qui alors se trouveraient dispensées de tout ménagement envers une nation livrée aux horreurs de la guerre civile et toujours placée entre les combattants, ici de l'ambition qui se *venge,* ici de l'ambition rivale qui marche au pouvoir! Quel champ de bataille pour une vile populace qui, cette fois, prendra les places d'honneur autour de l'immense curée!... Et où seront alors, dites-moi, vos moyens de sauvetage? Vous crierez : A moi! vous, les véritables amis de l'ordre, vous, les défenseurs-nés d'un gouvernement paternel! Vœu superflu, clameurs inutiles! Comme les coursiers d'Hippolyte, les petits rentiers n'entendront plus la voix qu'ils chérissaient; et tous on les verra courir vers celui qui, vainqueur *temporaire*, leur criera de loin : *Venez... voilà votre sauveur!* a vous, *vos rentes intégrales; et pour vos enfants, de l'or, des honneurs et des places!* (Profonde sensation.)

Adieu donc pour longtemps, pour toujours peut-être... adieu glorieux souvenirs d'un triomphe obtenu aux acclamations de la terre et des cieux! adieu, nobles illusions des peuples qui aujourd'hui attendent de notre exemple les bienfaits d'une sage liberté! place aux cosaques! . . . .

. . . .

. . . .

. . . .

Place aux Bradamantes vermoulus, aux commissions militaires, aux bourreaux tortureurs!... et que sur les croix élevées *en face* des gibets, les triomphateurs écrivent eux-mêmes avec la pointe de la hache : MALHEUR AUX VAINCUS!

Ce discours chaleureux est suivi d'une longue agitation, et l'orateur reçoit, en retournant à sa place, les félicitations de tous ceux qui ont écrit sur leur drapeau : JE SUIS FRANÇAIS... MON PAYS AVANT TOUT!

Ce qu'on vient de lire est tout bonnement une lettre, presque finie en 1856, et qui n'a pas été achevée à cette époque, parce que le ministère recula devant la proposition *Humann*. En la publiant aujourd'hui complétée par la péroraison, et telle qu'elle a d'abord été conçue, à deux ou trois changements près, je ne fais autre chose qu'une communication à ceux de MM. les Pairs et Députés qui repoussent la proposition Gouin

LE VIEUX CHAMPENOIS.